"PROPRETÉ DONNE SANTÉ"

Les Bains-Douches
à Bon Marché

PAR

M. Charles CAZALET

DE BORDEAUX

Président de l'Union des Sociétés de Gymnastique de France.

———— ✶✦✦✦✦✧✧ ————

ARTICLE PARU

DANS

le Journal " Le Matin ", de Paris

LE 11 DÉCEMBRE 1904

BORDEAUX

IMPRIMERIE J. DURAND, L. DELBREL & Cie, SUCCESSEURS, 20, RUE CONDILLAC

—

1904

La Santé pour tous

LES BAINS-DOUCHES A BON MARCHÉ

Il y a un mois, le 7 novembre dernier, le *Matin* rendait compte de l'inauguration du troisième local de l'*Œuvre parisienne des bains-douches à bon marché*, l'établissement dit « Émile-Loubet », situé 80, Faubourg-Saint-Antoine. Il disait que cette inauguration avait « précisé l'importance sociale de l'œuvre. »

Il terminait ainsi son compte rendu :

« Les membres du comité ont fait là une grande œuvre humanitaire, plus importante peut-être qu'elle n'apparaît au premier abord, puisque d'elle dépend un peu la santé générale qui fera la race plus vaillante et plus forte. »

Les termes très fidèles et très élogieux de l'article du *Matin* m'ont beaucoup touché.

Je n'ai pu, en effet, m'empêcher de songer que, depuis Jules Simon et Francisque Sarcey, qui avaient consacré à cette œuvre de si lumineux articles, c'est la première fois qu'un grand journal parisien en parle d'une manière si juste et si élevée.

L'apppréciation qu'a faite le *Matin* montre bien l'importance d'une œuvre qui est, comme il l'a dit, « un inappréciable bienfait social », et qui mérite d'attirer sur elle l'attention générale, à cette heure où, de tous côtés, on se préoccupe à bon droit de fraternité et de solidarité humaines.

Et, dans cet ordre d'idées, y a-t-il quelque chose de plus fécond qu'une leçon de choses, que l'exemple en action ?

C'est un axiome aujourd'hui reconnu de tous que l'homme, même le moins favorisé de la fortune, doit veiller à la propreté de son corps.

Encore faut-il pour cela que ce soit *facile, rapide* et surtout *bon marché*.

Eh bien ! l'Œuvre des bains-douches, due exclusivement à l'initiative privée, réalise admirablement ces trois conditions, et c'est là ce qui explique son remarquable succès partout où elle a fonctionné.

L'inventeur — n'est-ce pas un sujet d'orgueil légitime pour nous ? — est un Français, le docteur Merry-Delabost, de Rouen, qui, en 1872, en fit la première application dans les établissements pénitentiaires de cette ville.

A Bordeaux, la Société bordelaise, fondée la *première* en France, en 1892, et présidée par le digne M. Bayssellance, dont une couronne civique vient de récompenser la vie toute d'honneur, possède aujourd'hui cinq locaux, et elle a donné jusqu'ici plus d'*un million* de bains-douches à 10, 15 et 20 centimes, savon compris, pourboire interdit. Ce chiffre énorme ne dit-il pas par lui-même l'excellence d'une œuvre qui a étendu son champ d'action des plus petits aux plus grands ?

Jeunes enfants des crèches, élèves des écoles maternelles et des écoles primaires, gymnastes, militaires, employés, ouvriers, tous ont ressenti les bienfaisants effets de ces bains auxquels ils sont demeurés depuis inébranlablement fidèles.

L'Œuvre parisienne a édifié trois locaux où près de 700,000 bains ont été donnés.

La Rochelle, grâce à la généreuse libéralité de M. d'Orbigny, son maire, qui a fait un don personnel de 10,000 francs, possède un local où la population rochelaise a pris jusqu'à ce jour plus de 60,000 bains.

*

Qu'est-ce donc qu'un bain-douche?

C'est une pluie extrêmement diluée, tombant en aspersion d'une pomme d'arrosoir, à la température que l'on veut et au moment que l'on veut. Même au sortir de table, on peut la recevoir sans aucun inconvénient.

Ce n'est donc, on le voit, ni un bain ni une douche.

Non seulement, le bain-douche produit une sensation agréable et nettoie parfaitement le corps, mais il convient de remarquer qu'on peut facilement édifier partout les appareils nécessaires.

Pour cela, que faut-il?

De la volonté et de la foi.

Puis de l'eau, un tuyau, une chaudière, une pomme d'arrosoir et du savon.

Y a-t-il quelque chose de plus simple?

De plus, il n'y a pas d'*heures mortes* pour l'établissement, puisque, nous le répétons, le bain-douche peut être pris *en sortant de table*.

Il est donc à souhaiter que le vœu émis, le 19 décembre 1892, par le Comité consultatif d'hygiène publique de France, sur la proposition du regretté docteur Du Mesnil, ne soit pas un vœu platonique.

Il faut, en effet, que, dans un avenir rapproché, *toutes* les écoles, *tous* les lycées, *toutes* les crèches, *tous* les gymnases aient chacun leur installation de bains-douches.

Il le faut, dans l'intérêt de la jeunesse, dans l'inté-rêt enfin de la force vitale de la patrie !

C'est indispensable à ceux qui s'adonnent aux sports (je peux dire, en passant, que des bains-dou-ches fonctionneront à notre fête fédérale de gymnas-tique, en avril prochain, à Bordeaux) ; c'est indispen-sable aux voyageurs, aux touristes, dans les hôtels surtout ; enfin, c'est indispensable *partout*.

Demandez-le plutôt à ces hommes de science et de foi qui s'appellent les Frédéric Passy, les Casimir-Périer, les Siegfried, les Picot, les Cheysson, les Brouardel, les Mabilleau, les Fernand Faure, les Drouineau, les Lachaud, les Duponchel, qui, tous, sont les apôtres de cette œuvre humanitaire et sociale, et qui veulent avec nous « laver » la France, car ils pensent avec raison que *le peuple le plus civilisé est celui qui consomme le plus de savon*.

On ne saurait trop le répéter : la propreté du corps ne doit pas, ne peut pas être le monopole du riche.

Mettons-la donc à la portée de l'homme du peuple, de l'ouvrier, de l'employé, en un mot, du travailleur.

Et, pour cela, donnons-lui un outil séduisant et bon marché ; pour réussir, tout est là.

Nous sommes convaincus depuis longtemps — et nous *voulons* que cette conviction pénètre peu à peu dans l'esprit de tous — que le bain-douche est l'instrument par excellence de *propreté* et, par conséquent, de *santé*.

Et c'est dans l'espoir de remuer, de *passionner* l'opinion pour cette cause bonne et juste, que tous les partisans de l'œuvre comptent sur l'aide généreuse, puissante et si grandement humanitaire du *Matin*.

Tous lui sont reconnaissants de l'intérêt qu'il leur témoigne, et, pour ma part, je lui adresse mes bien vifs remerciements pour l'hospitalité aussi aimable que précieuse qu'il a bien voulu m'accorder en m'aidant à propager, par son universelle influence, l'idée qui nous est chère, et à laquelle nous continuerons de consacrer toutes nos forces et toute notre ardeur : « La propreté physique, qui amène la propreté morale. »

Et je salue d'avance le jour où, en France, grâce aux efforts des hommes de dévouement d'action, se formera le *torrent* qui enlèvera toutes les souillures du corps et toutes les impuretés de l'âme, torrent entrevu par Jules Simon, lorsqu'il disait : « *Si la France était menacée d'une épidémie et si l'on me demandait : « Que faut-il faire pour l'en préserver » je répondrais sans hésiter : « Lavez-la!* »

Charles Cazalet,
Président de l'Union des Sociétés de Gymnastique de France.

www.ingramcontent.com/pod-product-compliance
Lightning Source LLC
Chambersburg PA
CBHW061447170626
46811CB00005B/2403